El Sol ahumado
The Smokey Sun

Interacción
Bilingüe

Bilingual
Interactivity

Feppy Books ™

El Sol ahumado
The Smokey Sun
Copyright © Trilingo Kids LLC, 2020

Editorial Direction:
Ronit Shiro - Amanda Quijano

Written by Charito Acuña
Illustration: Gabriela Camuñas

ISBN: 978-0-578-66829-1
Editing: Joussette Rivodó
Art Direction: Irmghard Gehrenbeck
Graphic Design: Clementina Cortés
Translation: Monica Haim

Disfruta la magia de leer en dos idiomas.
Una divertida experiencia de lectura en inglés
y español en cada página.

Enjoy the magic of story time in two languages.
A fun reading experience in both English and
Spanish on each page.

La mañana se veía muy **oscura** y todo el mundo se preguntaba por qué no había salido el **Sol**.

¡Qué raro!

It was an unusually **dark** morning and everyone wondered why the **Sun** had not come out to shine.

How very odd!

5

Las hermanas del **Sol**, las **estrellas**, pensaron que algo andaba mal, así que fueron a visitarlo.
¡Qué raro!

How very odd!

The **Sun's** sisters, the **stars**, thought that something might be wrong, so they paid him a visit.

Cuando llegaron, se dieron cuenta de que el **Sol** aún seguía dormido en su cama. Todo se sentía demasiado **caliente** y la casa estaba llena de humo.
¡Qué raro!

When they arrived they discovered the **Sun** still fast asleep in his bed. Everything was blazing **hot** and a haze of smoke filled the house.

How very odd!

—Oye **Sol**, levántate —dijo la **estrella** más pequeña—, ¿no ves que es muy tarde y está **oscuro** en la Tierra...? ¡Y aquí está peor! —añadió, mientras sacudía el humo con las manos.

¡Qué raro!

"Good morning **Sun**, it's time to rise and shine!" said the smallest **star**. "Can't you see it's very late and all the Earth is **dark**? ...And it's even worse here!" she said, fanning the smoke with her hands.

How very odd!

—Déjame dormir, estoy muy cansado.
Me duelen todos los rayos y no tengo
ganas de salir.
¡Qué raro!

"Let me rest, I'm very sleepy.
All my rays ache, and I just don't
feel like shining."

—¡Pero eso no puede ser! —dijo la **estrella** más pequeña—. Va a hacer mucho **frío** en la Tierra, y los niños no podrán ir al parque si está **oscuro**.

"But that isn't possible!" said the smallest **star**. "It will become too **cold** on Earth, and children won't be able to play in the park if it's **dark**."

—Mañana salgo —respondió el **Sol**—.
Hoy no tengo fuerzas ni para hacer
ejercicio y me cuesta respirar.
¡Qué raro!

"I'll rise again tomorrow," the **Sun** replied. "But today I don't even have the energy for my chores. I can hardly breathe."

Las **estrellas** se miraron preocupadas. Fueron a contarle a los **planetas** que el **Sol** estaba enfermo. Se reunieron esa misma tarde y el grupo decidió ir a visitar a su amigo.

The **stars** exchanged worrisome looks. They chose to tell the **planets** that the **Sun** was not feeling well. They saw them that very afternoon, after which all of them decided to pay their friend a visit.

Llegaron a la casa del **Sol** y lo encontraron **triste** y desanimado debajo de las cobijas. ¡Qué raro!

When they arrived at the **Sun's** house, they found him tucked **sadly** beneath his sheets.

Lo escucharon toser y vieron que algo salía de su boca. ¡Era un humo casi negro, tremendamente **oscuro**!

—Vamos a llamar al doctor para que venga a verte —dijo Venus, uno de los **planetas** que vivía **cerca** del **Sol**.

¡Qué raro!

They heard him cough and noticed
something coming out of his mouth.
It was a **dark** smoke!
How very odd!

"We're going to call the doctor so that she
can come and examine you," said Venus,
one of the **planets** that lived **close** to the **Sun**.

En un abrir y cerrar de ojos llegó en su destartalado cohete la doctora **Luna**, que ya estaba un poco vieja.

After the blink of an eye, the elder Doctor **Moon** arrived in her rickety old rocket-car.

Sacó su maletín y después de
examinarlo dijo:
—¡Pobre **Sol**, está muy **caliente**,
tiene una fiebre muy alta! Y esa tos
tampoco me gusta.
¡Qué raro!

She opened her doctor's bag and after
examining the **Sun**, she said:
"Poor **Sun**, he's quite **warm** and has
a very high fever! And I don't like that
cough one bit."
How very odd!

La doctora **Luna** se quitó los lentes y mirándolo de **cerca** le advirtió: —Mi querido amigo, si quieres recuperarte vas a tener que dejar de comer tanto humo.
El **Sol** abrió sus grandes ojos y dijo:

—¿Qué? ¡Jamás en mi vida he comido humo! ¡Qué raro!

Doctor **Moon** took off her glasses and looked at him straight in the eye, warning: "My good friend, if you want to feel better, you'll have to stop eating so much smoke." The **Sun's** eyes widened in surprise, and he said:

How very odd!

"What?! I've never ever eaten smoke in my whole life!"

—Pobrecito **Sol**, ¿no será más bien que está intoxicado? —preguntó Venus.
—¿Qué habrá comido? —preguntaron las **estrellas**.

Poor **Sun**, isn't it possible that he has a belly ache?" asked Venus.
"What could he have eaten?" asked the **stars**.

—Pues eso —dijo la doctora **Luna**—,
el humo de los buses, de los carros,
los aviones, los trenes y los barcos.
Nuestro querido **Sol**, sin darse cuenta, lo
estuvo respirando y comiendo durante
muchísimos años.

"Well that's precisely it," said Doctor
Moon. "Our dear **Sun**, without realizing
it, has been taking in the smoke emitted
from buses, cars, airplanes, trains and
boats for many years."

Y sacando su libreta anunció:
—Reposo absoluto. Tienes que
mantenerte **lejos** de la Tierra.
¡Sólo podrás volver cuando estés
completamente recuperado!

She opened her prescription pad and
ordered the following:
"Complete bed rest. You must also stay
far away from the Earth. You'll only be
able to rise again when you're completely
recovered!"

No se volvieron a escuchar los pájaros. Los niños estaban **tristes** y no fueron al colegio. Las montañas empezaron a congelarse. Las flores se marchitaron.

The chirping of birds was not heard again. The children were **sad** and didn't go to school. The mountains began to freeze. The flowers began to wilt.

Entonces abuelas, policías, jardineros, niñas y niños empezaron a montar en bicicletas, patines y patinetas. Otras personas iban a pie, en metro, en tranvía y algunas en sus carros eléctricos.

And so the grandmas, policemen, gardeners, girls and boys started riding their bicycles, skates and skateboards. Other people began to travel on foot, on the subway, on the tram, and some even drove electric cars.

39

Estuvieron a **oscuras** y sintieron **frío** un buen tiempo. Pero todas las personas entendieron que debían cuidar el mar, el aire, los árboles, y todo el **planeta**.

People were **cold** in the **dark** for some time, but everybody understood that they had to take care of the sea, the air, the trees, and all the **planet**.

Ya no se veía tanto humo y la gente empezó a respirar mejor.

And slowly but surely, the smoke began to clear and people everywhere started to breathe better.

El **Sol** volvió a brillar y todo se veía más **claro**. Salía temprano a hacer ejercicio y bailaba con las olas. Subía por las montañas que ahora se veían más verdes y recogía flores de todos los colores para adornar su casa.

The **Sun** finally shone again, and everything looked **brighter**. He rose early in morning for some exercise, and danced with the waves. He hiked up the mountains that now looked more lush and green, and he picked a bouquet of colorful flowers with which to decorate his house.

Pasaba muy **cerca** de la Tierra saludando a las vacas y a los gallos, que nuevamente volvieron a cantar.

El **Sol** estaba contento. Ya no tosía, ahora cantaba alegre por las mañanas y silbaba de vez en cuando.

He shone **close** to Earth, saying "hi!" to cows and roosters, who started to sing once again. The **Sun** was joyful once again. He was not coughing anymore. Now he sang cheerfully in the mornings, and every now and then, he even whistled.

Todo el mundo sonreía **feliz** en las calles. ¡El **Sol** ya nunca más se volvió a sentir RARO!

Everybody felt **happy**, smiling in the streets. And the **Sun** never felt ODD again!

Play & Learn

Juega y aprende

Sol	Sun
Luna	Moon
Estrella	Star
Caliente	Hot
Frío	Cold
Lejos	Far
Cerca	Close
Claro	Bright
Oscuro	Dark
Planetas	Planets
Triste	Sad
Feliz	Happy

¡Canta!

Sol solecito
caliéntame un poquito
Hoy y mañana
y toda la semana
Luna lunera
cascabelera
Que si estás triste
ella te alegra

Estrellas brillando
La noche iluminando
Ellas son la cura
Para una noche oscura

Sol solecito
caliéntame un poquito
Hoy y mañana
y toda la semana
Luna lunera
cascabelera
Que si estás triste
ella te alegra

Planetas girando
A lo lejos orbitando
Es tan inmenso
¡Nuestro universo!

Sun, Sun, little Sun
Won't you warm us one by one?
Today and tomorrow
And the day after tomorrow
Moon, Moon, lovely Moon
Shining over the lagoon
If you're ever feeling sad
She will make you really glad

Sun, sun, little sun
Won't you warm us one by one?
Today and tomorrow
And the day after tomorrow

Sun, Sun, little Sun
Won't you warm us one by one?
Today and tomorrow
And the day after tomorrow
Moon, Moon, lovely moon
Shining over the lagoon
If you're ever feeling sad
She will make you really glad

Planets, planets far away
Glowing in the Milky Way
This universe of ours
Is so big and full of power!

Made in the USA
Monee, IL
25 October 2021